U0068462

如是破庵

米米 著

【總序】
臺灣詩學吹鼓吹詩人叢書出版緣起

蘇紹連

　　「臺灣詩學季刊雜誌社」創辦於一九九二年十二月六日，這是臺灣詩壇上一個歷史性的日子，這個日子開啟了臺灣詩學時代的來臨。《臺灣詩學季刊》在前後任社長向明和李瑞騰的帶領下，經歷了兩位主編白靈、蕭蕭，至二〇〇二年改版為《臺灣詩學學刊》，由鄭慧如主編，以學術論文為主，附刊詩作。二〇〇三年六月十一日設立「吹鼓吹詩論壇」網站，從此，一個大型的詩論壇終於在臺灣誕生了。二〇〇五年九月增加《臺灣詩學‧吹鼓吹詩論壇》刊物，由蘇紹連主編。《臺灣詩學》以雙刊物形態創詩壇之舉，同時出版學術面的評論詩學，及以詩創作為主的刊物。

　　「吹鼓吹詩論壇」網站定位為新世代新勢力的網路詩社群，並以「詩腸鼓吹，吹響詩號，鼓動詩潮」十二字為論壇主旨，典出自於唐朝‧馮贄《雲仙雜記‧二、

俗耳針砭，詩腸鼓吹》：「戴顒春日攜雙柑斗酒，人問何之，曰：『往聽黃鸝聲，此俗耳針砭，詩腸鼓吹，汝知之乎？』」因黃鸝之聲悅耳動聽，可以發人清思，激發詩興，詩興的激發必須砭去俗思，代以雅興。論壇的名稱「吹鼓吹」三字響亮，而且論壇主旨旗幟鮮明，立即驚動了網路詩界。

「吹鼓吹詩論壇」網站在臺灣網路執詩界牛耳是不爭的事實，詩的創作者或讀者們競相加入論壇為會員，除於論壇發表詩作、賞評回覆外，更有擔任版主者參與論壇版務的工作，一起推動論壇的輪子，繼續邁向更為寬廣的網路詩創作及交流場域。在這之中，有許多潛質優異的詩人逐漸浮現出來，他們的詩作散發耀眼的光芒，深受詩壇前輩們的矚目，諸如鯨向海、楊佳嫻、林德俊、陳思嫻、李長青、羅浩原、然靈、阿米、陳牧宏、羅毓嘉、林禹瑄……等人，都曾是「吹鼓吹詩論壇」的版主，他們現今已是能獨當一面的新世代頂尖詩人。

「吹鼓吹詩論壇」網站除了提供像是詩壇的「星光大道」或「超級偶像」發表平臺，讓許多新人展現詩藝外，還把優秀詩作集結為「年度論壇詩選」於平面媒體

刊登，以此留下珍貴的網路詩歷史資料。二〇〇九年起，更進一步訂立「臺灣詩學吹鼓吹詩人叢書」方案，鼓勵在「吹鼓吹詩論壇」創作優異的詩人，出版其個人詩集，期與「臺灣詩學」的宗旨「挖深織廣，詩寫臺灣經驗；剖情析采，論說現代詩學」站在同一高度，留下創作的成果。此一方案幸得「秀威資訊科技有限公司」應允，而得以實現。今後，「臺灣詩學季刊雜誌社」將戮力於此項方案的進行，每半年甄選一至三位臺灣最優秀的新世代詩人出版詩集，以細水長流的方式，三年、五年，甚至十年之後，這套「詩人叢書」累計無數本詩集，將是臺灣詩壇在二十一世紀中一套堅強而整齊的詩人叢書，也將見證臺灣詩史上這段期間新世代詩人的成長及詩風的建立。

　　若此，我們的詩壇必然能夠再創現代詩的盛唐時代！讓我們殷切期待吧。

二〇一四年一月修訂

【推薦序】
給我的米米

范家駿

該不該說賣詩集的感覺就像在銷贓。

就像高中時候大家躲在廁所裏抽菸那樣，滿頭霧水裊裊的人悄悄地離席，靜靜拿走贓物，到一個感到安全的地方瘋狂拆閱；或嘆息，或搖首，甚至努力試圖望向遠方，有意無意地將自己的食指放在似懂非懂的那一頁中將書闔上。

理想中一本詩集就要能夠像這樣，犯錯似地讀它，卻又不停在裏頭指出它每個將要犯下的錯。以一種糾正的方式欣賞，同時用一種被愛的姿態原諒。我假設一本詩集天生就要能夠承擔這些的，每一首詩裏頭總有個永遠不被看見的地方，留在了讀者的身上。

誠如這本詩集的名字《如是跋扈》，自序中作者開宗明義地提及了一個核心的問題：寫詩的意義。認為那是一種無用卻又必須的一項活動，也就是所謂的「無用

之用」，這個世界的組成恰巧是由那些看似毫無服務的部份去完成了其他所有有其意義行為的架構，而成就出一個能被我們看見的面貌。這個說法無疑是浪漫的，也無疑是危險的。就像作者的上一本詩集，在《尖削與渾圓之間》所著眼的，其實不是削尖或者渾圓，而是那個看不見的「之間」；那份我甚麼都沒有做卻甚麼都完成了的無用之用。從這點來說，我覺得這本詩集乃為上一本詩集的詩觀再延續，米米對於「詩是甚麼」這個大哉問的探索，仍是興致沖沖的。就像〈之後〉一詩的：而方向／「也不過是一種指示性的霧。」〈賣藝者〉一詩中寫道：誰殺了死誰／誰在我們之中／揪出一個替代者／扮演活的那一個。寫詩的米米彷彿是穿梭在那些迷團之中，想要對自己甚至對他眼中所看見的普世價值掌一盞明燈，再不然那便殺出一條血路吧！如此的米米應我們是一路以來始終如一的米米，但是這是否也是他想要我們看見的米米呢？

對一個已經寫詩十數年筆耕不輟的寫者如你，自言自語應該已經佔了生活中最大的部份了吧。在窮盡自己的過程中，一直找尋還可以擰乾的地方。於是詩就成為了一種必須的吶喊，甚至是那樣無用地吶喊著：你究竟

要我變成怎樣（出自〈下班〉一詩）。

是啊，你究竟還要我怎樣。我可以想像自己與那些讀著你的人們在彼此眼中一再若隱若現，慢慢因為離群而漸漸聚在一起。像個越吸越亮的菸頭，用力培養一種發光的癮。而一再被炙燙，彷彿你並不知道天亮後我們終將成為角落的灰——

有一種人就是能夠讓你如此翻閱，卻又毫髮無傷。

【自序】

關於寫詩的意義，令我想到一件事。幾年前租住的村屋附近，常常看到一個老婆婆，把鄰居丟棄的木傢俱一刀一刀地削成木條，然後整齊地堆疊起來，日日如是，風雨不改，這就是她一日的意義，令人生有所忙，生活有一個方向。有時我在想，寫詩和這種無意義但看似是必須的行為在本質上並沒有太大的分別，起碼從經濟學的角度來看，劈那無用之木和寫別人眼中的無用之詩，價值都是零。

但我還在寫，而且相信短期之內不會擱筆，會不停精進，以求詩藝有所增長。這是我的第二本詩集，不多言有關它的好與壞了，好與壞就交由讀者們自行判別吧。起碼在閉目恭見上帝時，個人履歷上，又可以理直氣壯地填上：詩人、目前有兩本詩集遺世，或更多⋯⋯這就是意義所在吧。

目　次

之後

或許我們把受潮的書頁
放在城垣上方
等待墨漬由黑變藍
凹陷下去的文字才能被月光填滿
學習貓一樣酣睡到天明
無視皮毛被歲月誤點成鏽漬斑斑的一層盾
我們穿過無數的街頭和巷弄
偶然膽大包天地對木棍
翹起本質柔軟的尾巴
貓步一樣移入月的自轉裏
垂釣十字路口上方的橫匾直額
而方向
「也不過是一種指示性的霧。」

剪影

把小盆栽放進雨裏
讓它回來時
帶著刺和花朵

迴紋針夾著你從異國寄來的明信片
早已乾涸的咖啡漬把清醒牢牢地鎖在右下角

一群飛蟻收集了足夠的壞消息
讓翅膀輕輕從抽氣扇飄下
遇上語氣梗塞的空行
你的破音箱呢

重新把封存了的舊衫衣曬在陽光下
讓黴菌回到侵蝕之初
讓雙袖攤開蝴蝶的架勢

掀開雨絲後面的山景
你透明地和風勢一起
劃花了我的剪影

浮現

你有時會在雨後的草坪上
緩緩地散步
頸後吹著柳條一樣的直髮
潔白的裙子
走過花便有花的迴紋
走到流水處
便是浮游的曲線
遠處嘉年華傳來銅管樂的喧囂
你平躺在水窪處
俯視水滴流過葉脈
跌入心中的一片和弦
然後嘎然而止
然後就是雨後即景的寂靜
你總是這樣不說一聲再見便走了麼
你總是在我倦極放下眼鏡時
讓無色的光穿過我依止的視野

投射到我此前閱讀的頁面
那一行
遠遠地被我輕視的文字旁邊

清風吹過水面時
有人正以快步踏上台階
和虛無比拼速度
你會平伏這些
只要細細地聆聽水內部的琴音
對應銀河的音波
一張臉浮現在廣漠的天空上
這是你
或是一片失去已久，
尚未填補的常態
現在正要回來了

相視對坐

彷彿在夜裏
毫無目的地指向天空
遠方有人墜落在難以解讀的星球
閃爍其詞
但無意於求救
相視對坐
等待太空的幽光擦過窗框
留下聲音
像無形的密碼
指示著生活
讓我們隱伏在人群中
不經意地流過彼此
而驟然想起
一個站在聲音末端的人
此刻
熟悉且快速地離去

一座空房

窺伺你的曲線
那裏也有一種坐姿
時而憂傷地伏下
時而聽風──
波斯貓一樣
對雨絲凌遲玻璃的啞劇
假裝反應過慢
（有些聲音你總該聽得到）
有時你的背部
會貼上好看的蝴蝶
音樂變得輕盈
猜想你和誰
談著糖果一樣的戀愛
（你的房間驟然明亮）
關於愛

正是我長期翹課的一個科目
陽光雕刻你的影
我傾慕你的背面多於正前方
好像一種偏鋒的癮
需要日子慢慢治療
並時時加緊禱告
陸續重犯
如果不是有雨
雨湧出來的斜紋
如果不是長鏡頭不受控的焦距微調，
光譜一直凋零
或許
我就不知道
你是這樣的一座空房

泳池相遇

穿梭於吊帶、水光和三角褲之間
你依然那麼輕浮
向你輕輕說：「嗨！」
便能讓你吞下一顆魚雷般
咳嗽─窒息─
嘔出空無一物的氣泡

唯有潛入更深處
像海灣內一雙難以分解的鋁罐
輕輕下墜，交換同一種水
相認、以至長出鮮紅的腮
才把池底的祕密揭起
讓一生的苦水漏盡自己
水性的花草紛紛逃離
我們向世界揚起那本來是求救的手號

當他們提起

一種泳姿撥出的歧義
工人們已經把泳池中最後一滴膽汁清理完畢
──相遇的場景重新開放

陽光下
站著也流汗
感覺所有體液都要蒸發耗掉
泳褲卻日益膨脹
眾人紛紛凝望
彷彿所有欲望重生起飛前
都要祕密地軟掉
剩下我們
在乾涸的矩形內
彼此相望
各自嘲諷
時光的身材

另一種暖男

成為一個更好的人
那個中間空掉的圈套
將有更多吃甜的鹽巴
和愛光的黑夜
書寫過去的鬼
抓緊現在的肉身
就快可以轉身完成另一次旋轉
另一次旋轉
不記得被掌刮過的右臉
仍然厚顏地接受地球以外的經緯
愛是如此錯縱
織成一個以水行兇的星球
一旦死掉
便成為誰人的膽石
膽敢與肝相接
運行末日的身體

一種音色

何時我也把寂寞扭開、放大
把噪音關在門外
靜靜看一行字成為一張書籤
把你的口吻藏好
等待適切的靜物走過
偷偷地吻它
讓它不知道
讓它像戀人一樣走過
忘了
或許
早已變成一種音色
當你忽然在我面前走過
就為你寫一行遙遠又接近的句子
如你走過長街
遠遠地丟下
孤獨的消防栓

明信片

你想說些甚麼呢
冬屋和夏屋都拆掉了
只剩下游離的知覺
試圖重建我們碎掉了的感官
兩個塞得飽飽脹脹的垃圾袋
慢慢消化信物交疊的稜角
如果草坪前
那棵我們共養的木棉
毫不小心地命中了你的後頸
那些在地上迴旋的腳步
我也帶走
可以嗎
可以在微雨的春晨
在明信片上畫一個圈圈
投給遠方
一直站立的綠郵箱嗎

與樹對倒

其一

臨摹輪廓
收藏一顆心
像「愛」這個字
不能嫁接於其他字體
只能成為影子

其二

季節前行
把青春垂掛
任風吹乾
冒汗的情緒
偷偷地把祕密覆蓋一行足印

其三

候鳥飛過你的頭頂
落花一樣的空氣
在我胸前
剪接氣根交纏的鏡象
欲與你交換永恆
唯獨欠缺抱起自己的勇氣

其四

那是一種並駕的命運
或共蹈於火熱的運動
或相忘於無邊的黑暗
必然

在光線充足的季節
練習一種對倒

一種練習

一種練習
必需要持續進行
練習迎擊直立的樹木，單行道和攔路的雨
把它們寫入詩行，嵌入鏡像
演成碎片的光
日日清掃
練習混和雨聲與傢俱的碎裂
乃是一種習慣了
無味的餵食
聲音同樣可餐
讓另一種生物發育茁壯
摸牠倒生的毛髮
像清風吹過針葉林的樹頂
練習花香的持久
不讓風吹走

更相信鼻子的幻覺
可轉授與眼睛和連夜的頭痛
練習用皮膚抗暖
與冷流相擁
在冰塊裏暢泳
在泉眼的位置刻劃
寫下流水和淚腺直立成的人形
在樹林裏牽手
拭抹同類的體液

如果還有更多日子
更多的練習

草坪上的莫內

沿著濾光鏡一樣的長廊
終於找到你的美學
矩形的木板
刻著一隻欲穿越邊界的鳥
一整個雨季
我埋首創作晴天
杜撰的天氣被打開時
我置身於無人的場景
拿著空白的畫冊
等待島嶼生出檳榔樹枝
等導航系統在落單的鳥裏失靈
一切期待終將變得平凡
當我悄然消失
風景卻慢慢地流動
填滿所有需要或被需要的空格

包括那個
被我傷得很深的荷花池

博物館漫遊

天底藍緊接著紅色
紅色在黑色的食道內蠕動
這一襲洪荒沒頂的歷史
曾經細軟如天上的極光
但它固定了一隻鳥的飛行
如今成石
成石也好
成石更趨近於永恒的施洗
一條河為它解讀時間
相連也不過是神經和下墜之間的誤區

不知何時
它拭去隱匿經年的一層灰
走向我們的世界
我們用光學註解的疤

橫貫了透明的血液
就如陳列箱下方幾行
深深陷入金屬的細字
遊人挨近
問它一個衛星導航去不到的地方
它卻屈向體內
一些不被解讀的顏色與飛翔

夏季的人

夏季的人走進冬天裏
想起夜晚的螢火像雪一樣降下來
落地並沒有長成兩列平衡的樹
沒有少年遊走於路中央
談著旅途中被一株花攔截
只有人聲如浪花般密鋪而來
洗涮台階上，被我們踩過的句式
腳步聲像爵士樂一樣

你還記得嗎
記得捲起衣袖
迎擊衝著雷電而來的巨人
記得傻氣地把我們寫進蒲公英的飛翔裏
記得不記得不相信的都成為真實
躺在磚塊上的啤酒罐吐出最後一滴宿醉

等待清潔工人的鐵叉
我們也等待地上的水珠凝結
一切靜物被晨光蒸發後
我們將要重新成為夏季的人

上環碼頭的晨課

千百個光點在水上行走
成為潮濕的詞語
和陌生的羊毛衣、舊明信片、防潮晶體
囚禁在你的衣櫃內
一個秋天的早上
你打開櫃門
挑了一件不稱身的長袖衫
一個人
慢慢聆聽下坡路和腳脛的私語
趕上那班
開往市鎮的頭班車
今天你再回來
帶著一本無名的詩集
在海邊
傾聽海水長久不變的敘事

你隨意翻頁

找到那幾句

曾經擊落你的分行

一排白頭浪撞向承載碼頭的石樁

時間不多了

你必須回去

等下一個循環

再帶來另一本無名的詩集

一個無法抵達的地方

湛藍的海在枯枝末端
萎縮成一滴淚
和你的嘆息一同墜毀
那是一個我們完全沒法抵達的地方
在那處
痛苦將被治癒
或無間地翻騰
如同我赤腳踩著熾熱的沙灘
接收雲端以外的私訊

你好嗎
還在蹉跎
還在端視流星的尾巴嗎

在霧一樣的時日

我常常校正膨脹的字體
用指尖安撫它們
碎裂的意圖
灰冷的文字被摘下
成為寒夜發光的詩題
我答應過你的
終將以你為名
寫一本屬於我們的詩集

或許它
一早已被完成

在台北的次日

從行李箱內
揚起那件不會變乾的衛衣
在它下雨的範圍內
對談數分鐘
或許更久
彼方的濕度
不該留待他方的海風吹散
這是我們出發前的承諾
縱使他方常有一色一樣的陰霾
讓我感到從未離開
必要把嘴唇和鼻子移近杯緣
測試感官是否已經停滯在一個無法對話的地方

春日電影

光線調校好了
是時候請老去的水手入座
講一齣與紙老虎漫遊無名海洋的故事
豐腴的肉汗掉在潔白的布上
凝聚成一個不易拭去的島
我們狡詰的戲碼沉澱成山的鋸齒
卻是他人一生的謊言
有幾多情節毋須霧的毛邊拉動
水份遇上日暑
形成氤氳一片的玻璃牆
輕輕地被日常拭去
又被無事可做的夜遊人
添上新的朦朧

半日之計

7：00
旋轉的電動牙擦
擦出更潮的火花
墮在面盆中央
無望地抓緊水聲
與原力一起逝去

7：15
毛巾扭動蛇身
配合我的臉頰
擦拭情緒的污垢
鬚渣逕自強橫
在剃刀邊緣
嗖嗖地斷腰

8：00
沉澱了足夠油膩
日子和一塊午餐肉俱往喉嚨推進
被酸汁和腸狀物交替挪移
衝破誤用慾望的直腸
在腥臭的海洋中央直視早晨堅挺的尿意

8：15
受潮的單車
彷彿是一匹通往痛症的老馬
輾過水窪
在滂沱中抖下肥胖的上半身
在倒車的歲月裏
撞倒胯下的搖鈴

8：30
體溫再次成為黑手
在車廂捲入隧道的一刻
偷偷地捉摸時光的大腿
尖叫聲過後的巴掌
如雨紛至
信徒們照舊帶著封印
默默走過
互不認領

9：00
有多少個紅著眼的人
曾被誤為變種的喪屍
被警察敲破頭
血光四濺

煙霧彈彷似春霧
尖叫像搖滾
他們也不過是一群哀傷的人

9：30
隔板上的摩斯密碼
瞳仁內的河流
不可以
像一杯咖啡嵌進另一杯咖啡一樣
必須擦拭通紅的牆身

10：00
寫字檯長出了絨毛
一種錯誤孵出另一些錯誤
被檢校後的初稿

輸入發聲字典
發出舊唱針磨動黑膠的咧咧嚦嚦

10：30
精靈被捉光後
日子再度無聊

尋訪自轉車

那時我們喜歡轉動單車輪
村莊和公路一直跟隨
如果你緊貼地面
和我們的單車成為直角
定會看到一道弧線
梳理車輪框著的風景
只要繼續轉動

有時單車會飛上天
天使好心幫忙
轉動和力學失去聯繫的輪
我們到達最光明的地方
找到維尼
牠抱著我們睡著了
睡醒呢

還要繼續走

如果你站得更遠一些
遠至明信片裏面的一列山脈
請向我們吹一吹風
我們會高舉雙手
並且會變得更輕

你是

是房間也是海洋

你是傾斜的石板街也是盛宴以後的酒杯狼籍

你是星期一午後的月台也是手機中的空號

你是昏睡中的衣領也是車廂內失焦的眼睛

你是日記的封面也是鐵絲網內的航機

你是桌上待冷的咖啡也是馬桶上方嘆氣的煙團

你是樓房間的流光也是白襯衣背後的皮影戲

你是自動倒帶的球賽也是

黑房內閃著螢光的搖控器

你是房間也是海洋

是淹浸了

我

的，浩瀚的麥群

誤點的旅程

其一

有沒有一種散漫
可以讓我在地圖上誤點
在一家旅店被陌生的語言吵醒
看不知名的名人在電視機箱內手舞足蹈
等一班開往沙漠或深湖的公車
在一雙翠綠的眼睛裏讀到熟悉的眼神
而後在破爛的公眾電話亭內
直撥你的電話

其二

有一種藍
完全溶化我

讓它在我底下
沿著海鳥飛行的弧度
寫下一行泛白的詩句
讓它成為一尾魚
在鱗峋的意象到達前
竄入我淵深的睡眠中

其三

這些陌生的站牌、交通規則、車行方向和味道迂迴
的廢氣
讓我像插班生收到新簿冊一樣
感到莫名的亢奮
那些橫行直行的跋行格式裏
我終於可以毫不心虛地寫下自己的名字

其四

我第一次感受到
孤獨的力量
當我在別人的地方
隨意被別人的眼光消費
同時消費著別人的陌生

沒有人愛我・致麥菲

思緒編織成一個搖籃
我們把過份冰冷的心臟放入其中
數數拍子吧
等一團雲變成一隻羊
變成一隻撫摸自己的手
我們太過幼嫩
難於學會雲上撒鹽的技藝
一場雨永不會為初階的暗戀者接駁裙裾
一場戲永遠演完再演
那一句在宇宙朗誦會發表的告白
還是孱弱得像未激活的信用卡
而時光早已替我們支帳
寂寞買下了我們
除了鼻頭上，那顆遲遲不爆發的青春痘
你說

我們能怎樣呢

沒有人愛我們

我們就不愛彈匣，角子機和無人駕駛的偷拍器嗎

我們就可以做雲和霧交合的旁觀者

然後在缺水的季節

一再撐乾別人撒下的濕嗎

而虹膜轉動

女孩倒立

抽長發芽的初衷退回原來的位置

青春是一塊硬不起來的軟肋

果凍

站在果凍上互相傾軋的男女
最終被甜蜜坑死
聲音不停發芽抽長
長成他們的孤獨國

巴塞隆拿的裙襬

還是一樣的桌子
一樣耽擱的情緒
黃昏降落在咖啡汁裏
管絃樂徐徐響起
袋裝書裏的漢字結構
在異地的天氣裏
顯得有點懦怯和害羞
震音讓人想起深喉裏的風聲
它揭起秋天的裙襬
那裏整齊地放著整個巴塞隆拿

暗結

火車已到了
沒有人為車票打孔
目的地暫時懸空
闔上眼簾
那個重覆著車廂廣播的自閉症病人
夢裏有繁雜的地下鐵路線
每一站
都是雲霧繚繞的春日
他把夢切片
隨意和另一些他讀懂的
拼湊意義可能相關的偶遇
車門打開
全是生存的暗結

雨後石階

僅僅小於石階的行數
但腳步比雲更多
她留下深情的下款後
（那常綠且生命堅韌的青苔）
便逃到某個人的天空中
享受著隔空的問候
為冬夏來來回回的候鳥
測試不同的衣領
常常掃眉
眼角有隔世情人的紅痣
我收到了她在火星曆法中某日寄來的情書
但掛念已一早懸浮成窗子中無雲的部份
於夜晚
躺在藍色玻璃匣子內
落下一場透明的雨

我們合寫的那一首詩

海潮退卻了
海灘迅速回復平靜
岩石把浪聲收進胃部
誰曉得一些魚汛經年還未消化
手執鐵筆的少年欲在頑石中
鑿出伏藏
那些迷惑我們
風一樣的紋理
始終沒有告訴我們甚麼
有關浪和浪之間
平靜和怒吼的輪迴曲成的那些經典
不過是一種浪漫的想像
想像成群沙丁變成暴風一樣
席捲我們靈感的空窗
我們站在乾燥的天井

期望潮汐如期到來

海葵終於甦醒過來

安於死亡的坦途

昨夜路經的一片花海皆是那些可惡的小丑魚張揚的

布幕

星星們

刺眼嘈吵的群性動物終於失去了它們的尖銳

粘在礁石上如同我們沉溺的軟體抒情

一片浪又打來了

如同神的速讀和翻頁

我知道

但我不想肯定

此刻所經歷的一切

因為日後處身在無人的碼頭

向海風訴說這些沒人佐證的往事

值得浪漫一再浪漫
一如海鷗在水平線吐出那些高音
和船鳴一起朗誦
我們合寫的那一首詩

邊走邊唱

風向已定

遠方的島嶼也生根了

搖旗送行的鄉民向媽祖念完最後一闋禱辭

水手仍然酣睡在動物園裏

清點水鴨數目的單與雙

鱷魚皮手感柔軟

朦朧指數谷底反彈

所以適宜留在陸地

坐擁自己的一座海

航行路線明顯需要更改

但預設的戲碼不是早早被封在酒瓶裏嗎

船在沙灘上懊悔命運

沙子被風吹入清醒的人眼裏

流淚是唯一的反向運動

最終決定

還是由夢開始
從此方浮游到無限的可能
至於如何處理水手與海
那就
即管
邊走邊唱

冷場

投影器在後方
影像線條晦澀
碰上你為了應付場面的答案
把靜默推向思考的短路
暴風下的餐桌
手背上的紋句
幾隻白鴿偶然在電線上跳開了
是日的空格放滿了我們詮釋失敗的霧

一個賣花的小女孩緩緩走入我們之間，拿出一團香
氣，她說話了，請放過墨綠海洋之中的一點光。

下班

遍植身體的噪音
就快長成日間的工廠
與成群疲倦的頭顱
在注滿濁水的車廂內泅泳
下身麻木
手掌上紋著六角形預示著乾涸日不遠了
所以這刻毋須要裝死
回家後把所有燈關掉
問問杯中的螢火
你究竟要我變成怎樣
你究竟要我變成怎樣

夜飛台北

過境時

金屬探測器放響了哨子

保安員忙於為我清理前額葉的鏽漬

金屬的叛逆令關卡驚惶失措

尤其對境那麼純白

升上天空

耳水向高緯度傾注

鄉愁暫且乾燥

除了巴望電影選項有《2001太空漫遊》之外

已經別無可做

無聊地為空中小姐更換一套晚裝

把紋身繡在那個依傍在鬍子裏的俏面

她醒來後

會不會又是一個鵝毛大雪的冬夜

入境時

一切手續從簡

的確我只在三維空間外造境，偷運無害的情緒

因而入境獲批，無限次歡迎回來

相撞於壞天氣

其一

在雨天
我們試圖與
焦灼得跳起來的水點對話
幾乎忘掉水和火的二元性
尋找覺醒的線路
目的地顯然不是座位之間
噤聲的祕密

其二

漸漸地枯化的情節
只剩下若干曲線
在電波澎湃的大海中失散

直至無意義的下午被一塊瓷片割傷
我們在陣痛中
和試圖療傷的閃電相遇
──並沒有解釋銳利的緣由

談詩

當他們在室內談詩
高架橋上的捷運如常貫穿這一區
車廂內的女孩
每日帶著相同的倦容——
絕望的街景
每個人馱著重量若干
而樹枝輕巧地接駁了車行的路線

退休

我想老了
便找這樣一個細小的海島歇一歇
貓和雲影的移動偏慢
傍晚，我和狗下坡到海灘散步
我們都有一雙聆聽海的耳朵
楓葉林在背風的山坳燃燒這個秋天時
我被納入一張畫布裏
佈局和實景沒兩樣
只是缺了山岬上那座燈塔
它是我這個人
一個人的宗教

夜讀《三小》

晨霧湧進陽台時
我坐著看海
市集的喧鬧
和潮聲有點相似
一定有人把頭伸進樹洞　像許個願似的
我一拳打進巷弄內
天空便爆出許多星星

註：《三小》為友人范家駿、羅荼及陳蔫合著的詩集。

南美洲和西非分割後
——贈琉璃

南美洲和西非分割後

我們一再抗議

於另一方繁植蕨類和仙人掌

傷痕隱匿於海床

扶植一雙長了蹼的手

大西洋有著無邊際的水份

讓我們任性地流出更多溶岩，

接收賊船上的男人

在海上

那些突起尖角的島

是兩岸一行

死不下沉的淚

畫家

某年，一對眼睛瞎了
某年，蝙蝠鑽進耳朵裏
日光在鼻尖下虛晃了一條彎路
我倒掛雙腿
以畫畫為生
後來我死了
我第一次見到我的作品
塗在一個叫「黑」的城市的
紅男綠女，帶著微笑走進來
帶著我的面譜離開
我逐一向他們行禮
他們給我真金白銀
他們都死了

賣藝者

有時下跪
有時站在控訴臺上
有時他們不耐煩地嚎叫
有時他們給我們衣服和一點充饑的食物
我學木偶木偶學我
閒時
我替木偶點煙木偶替我倒酒
我們的話題離不開：
力氣耗盡時
誰殺了死誰
誰在我們之中
揪出一個替代者
扮演活的那一個

瘋人院

壞天氣持續了幾個月
時陰時晴
遠景飄忽不定
我困在二十五平方米內，練習倒立
腦殼內閃過一幅去年秋天的景象：
我和某人在瘋人院前的黑樹林道別
黃昏在阡陌交錯的田野上漸漸融化
哭聲與風聲混淆不清
萬物在放大或者縮小

壞

有時我希望自己是壞掉的東西
像壞掉的手錶留住時間
壞掉的身體培植衰老
打開了一道門
前面就是一片空闊
我怎可以成為這樣健康的一個人呢
和成群人
談著永遠政治正確的事
而我那些
壞掉的朋友
則天天喝酒　造愛　彈結他
為詩歌流淚

偽貓學

設想我們成為一頭真正的貓

預設天敵

對光點和花蝴蝶有著永不磨滅的迷思

那些傷了我們的人

將永遠被困在二十年以內的光景裏

擴大就是神的一生

對物象的追求

毋寧是一個糾結的毛毛球

不如說是一種取悅的運動

我們憋氣　　弓身　　跳躍

抓緊的核心

最終被拉成一條直路

前方是遠方我們古老的家園

回頭便是一頭向命運撒嬌的獸

喵——

敗犬

其一

你用手握著我的前肢
那一對曾在冰層滑行的骨頭
現在進化得貼服而柔軟
就怕有一天
劃破你彩色的夢
你是如此貼心的主人、情人、最忠誠的朋友
當時日在我手掌上培植出當初的勇悍和野蠻
你一片片地，小心地剪
不見血，只見光

其二

氣短，就伏在地上

路長，就進化出四隻短腳
或者索性裝死
想你抱起我
為我代行路上的四種命運
而你的報酬將是我最無辜的一對眼——
雖然你在瞄準器裏的眼神
如此清晰
如此地心虛

其三

我不像貓
貓有九條命
我只有一條
更方便掛念和遺忘

我記得我們四處遊玩的日子
你教我追逐、咬緊彈跳的球
由此我學會最強悍的追蹤術
勝過你植入我體內的全球定位
我記得那路線
我們走過的每一株樹
我族或非我族的氣味
你扔下最後一包狗食
我怎會不記得
無論千山萬水
天荒地老
我也只有一條命

霧霾之後

未幾

那棵木棉樹又在靜靜地唱歌了

除下過多的樹葉

讓花盞和一隻鳥放在更明顯的位置

霧霾席捲過後

一個花季來到之前

正好把書名擦拭乾淨

等一個流空了歲月的霧客走過

擊中他的中庭

各種幽微的花遍佈每一株樹

藍藍的空氣中

失序了的字塊重新舖滿易碎的沙地

你就是那個堅信偶然的人嗎

偶然不被命中

卻在行距之間遍植忘川

把曾經寫過的句子輪迴成春季的木棉花
斜斜地傾向那些駛進黑暗的班次
待生長成熟
才慢慢演練星星墜落的姿勢

古廟

你累了
伏在桌子上小休
慢慢變成了檀木上的流紋
我跟你去過的海邊
樹梢和樹梢之間的天空
浪尖指向的方向
全都包裹完好
在立春的時候
死亡和初生交接的位置
我找到你用螢光筆上色的幾行字
正是我常去的古廟涼亭
晚上能聽到馬蹄踩過瓦頂
日間有木棉花海包圍我的全部

雨後即景

雨停了
那個慣竊鑿開了我的腦門
從後園的芭蕉樹蹬了出去
大塊葉片
迅速抖下水珠
零落地散落地面
昨晚他把水灌滿我的房子
難以找回的魚族又回來了
我的爺爺滿臉青苔
手指著尾巴
咕咕嚕嚕地向我說甚麼
但他們都走了
這早上的劇目
每上演一次
窗外的芭蕉葉便靠近窗戶多一點
翠綠的葉片上滿佈忙碌的水珠

她和他

他睡在一張單人床上
秋日陰涼的空氣每晚都降落他的頭殼
他的夢也一樣相同
那個和她復交的女朋友
伏在廁板上打電話給他
他聽到水喉吐納的聲音
但不能醒來

她睡在一個陽光熙微的花園
春天掉下來的葉片每日填補她身上的漏洞
因而她漸漸有了天使的面孔
只是偶然聽到一串鈴聲晃過天空
也晃過一個顱骨
那個被蔓藤遮蔽的電話亭
隱伏著一個一睡不起的人

分身

甦醒時他發現
一切都是新鮮的
包括空氣、清晨的鳥聲和
週末定時響起的巴哈
他知道「他」走了
他將會重新掌管這一切
那些本屬於「他」的
碎酒瓶、覆診紙、信用卡帳單、用剩的保險套和
所有的真實
就像另一個人逃離他後
得到一個中空的頭骨
潮濕的房間內下著不息的雨水

暗殤

在夏季繁衍
努力長出令人滿意的顏色
是為了留住那些疲倦的眼睛
至於耳朵
還需要努力地擠向邊緣
尋找一個斷開的路口
傾聽那些枯黃
那種捲成一個結的暗殤

白日之謎

這白天
只有日照最懂得炫耀
微風極力惻忍
怕一不小心
便掀動整片土地上的蛙鳴
這時
他剛從西邊回來
左手扶著右腳
右手摀住外溢的心律
這寂靜還需要依賴更大的寂靜維持
但他再聽不到
另一邊有人把他從碎骨中拔出來

果實

山谷突然吹來陣雨
聒噪的蟲鳴再度潛入草叢內
雨停下來時
我坐在果園中央
和共生的木瓜、香蕉樹、荔枝、遠處的木棉、扶搖
的雲杉、紛亂錯落的野生蘆薈一同喘息
聽殘留的雨水像血滴一樣從樹身投向泥土
看樹蔭底下
躺著一堆尚未成熟的果實
以式微的香氣
向我道別

清醒

每次醒來
總希望眼色顛倒
妄想不致於令我看到
疾馳的身影折磨著街角
不會看到通透的幽靈在候車站徘徊
不會看到拖著壞消息的老年搬運工走進陋巷的深長裏
不會看到滿街的魚眼鏡光照著一塊尖叫的落葉
不會看到精神病院的鐵欄上鳴叫的鴿子
不會看到臭水渠上垂釣的中年人
不會看到客機歿入煙霧裏
不會看到秋千上搖晃的霞光
不會看到年輕的母親按撫著啼哭的嬰兒
不會看到流浪漢在垃圾箱上找尋煙蒂
不會看到厚實的城垣囚禁著流動的人群
不會看到救護車行中聒噪地衝出一道空檔

我看到的大多和真實有所距離

下雨

站在花灑之下
所有聲音都變成水流了
連同蒸發溜走的各樣
只剩下光潔的身子
有時一直站立不語
像屋外迎著春雨的那株街燈
沖掉撲光的飛行器後
默默地穿上新衣

自縊

繩圈不停拉緊
時間在那刻凝固了
一定有人做著相反的事
向湖心投石
水紋打開了
像一朵顏色深沉的花
人們慣於把祕密放置其中
等待剖開的水面自然縫合
石頭撞擊水底
回音在崩塌中飛揚
打開了另一片天空
每當觸及
就是碎裂的時候

聲音的事

我會記得所有聲音的事
刀鋒碰到果肉
甜蜜濺在傷口上
我會記得
季節迅速枯萎
雨天粘著蜘網
微微地呼出一種顏色
我們蒙著雙眼
在沙地上尋找喪失了的知覺

那些離去了的還在繼續抵達
那些回來的
還是像最初一樣嫩綠和怕甜嗎
我在等待
蔓藤伸到絃線上

覺知音色的利
缺裂的鋼鐵
在夜晚綣縮成樹瘤一樣的痂
記憶的兩面
一條發光的路
把我送到不知名的地方

致Sylva Plath

知覺枯萎以前
有人嘗試用雨聲裝飾這個房間
暗流背向牆面
細細沖涮表面的一層灰
與時光短兵相接
嫁接月色的忐忑
那個常與我們對話的人總會消失
那些臂膀總會曲向自己
像一層透明的空氣
毫不費力就可以擁有壞天氣

遊樂場

廢置的遊樂場中
我看到年邁的父親站在旋轉木馬前抽煙
走近
一棵矮小的樹艱難地抖落
僅存的葉片
我在長凳上枯坐了一會兒
起來
踩碎了一片紅葉

數學題

那個被我用三角尺畫成直角的山崖
擲一粒骰子都會碎成沙礫
自從人們不停地削泥，寬減坡度，培植玫瑰
夜遊人便無從計算——
嗚嗚的夜啼響徹整個太空

時間

祂是世上最可悲的人
據說有一種癮，沒法治好
制止無效

慾念慢生

小型飛機鑽進雲霧後，消失得無影無踪
整個上午，一條弧線欲包裹的天空只剩下零星的鳥
行穿越內外。她關掉的高清投影器伏在桌上，緩慢
地揮發體內的熱氣。而消失的物種正在她體內慢
生，沒有更多定論。她如常工作，下班回家後，沐
浴更衣，睡前小心按著肚臍下方。當高速的鳥鳴
持續擴散，迅速掩至的身影正欲伸手觸摸隆起的
山頭。

病

秋天，幾個病人平排地坐在落地玻璃前，就像幾條
沉在魚缸底部的汗魚，身上積厚的穢物必須要他們
下沉。我和一個新來的病人談著他身處過的境外世
界，我沿著他所指，穿過那個囚禁我們的玻璃箱，
穿過幽幽的松柏圍攏的小徑，穿過散步病人集體的
雲霧，穿過醫護人員的共謀……那裏站著一個人。
我年邁的父親，他長著一顆和我相近的頭顱，卻飽
經塗改和雕刻。

「沒事的，一切都會好起來……」

當我從神遊中走回來，一片煙霞向我們靠攏，那個
初來的病人駭然昏睡下去，像玻璃窗外那株等不及
春雨澆灌的台灣相思。

木棉

她住在最低層，每天清晨和黃昏，慣性地和愛人接
吻。每次他搬高一點，她便把脖子伸長一點。她喜
歡他柔軟的舌頭，交換唾液，彷彿就能把思念互相
灌輸，生命才能長高一點，頭髮因而有了光澤，雙
眼明亮，能看見葉脈內的波動和聲音的顏色。後
來，他搬到天上了，她捉不住他的衣襟，唯有把愛
裏分泌的紅花撒落一地。木棉如是說。

計程車司機

他是一個夜間計程車司機，由於沒有特別的專長，只能一直做著這份工作。為別人的目的地抵達，在倒後鏡內觀察人生百態，有時則專注於夜間電台的懷舊金曲，而陌生人的傾訴可能出奇地和歌曲的情韻相配，他都不在意。

漸漸地他也把自己的人生視為一輛計程車，而他再不是那個疲倦的司機了。他是一個坐在後座的乘客，僅僅說出目的地後，便沉浸在黑暗裏。

天氣

雨一直下著，編織一個哀傷的世界，無法穿越，像無法穿越灰白的命運。在雨的遠處，有一個放光的森林，隱約見到群鳥像波浪一樣在樹冠上翻滾，那是一個充滿快樂的地方，但雨聲畢竟太大了，我聽不到鳥聲，只有一直凝望。

寫一句兩句話給你吧，摺成紙飛機，冀望它穿越水滴與水滴之間的空檔，像靜心中的情緒，穿過疏朗的微風。你一定在樹下散步，面向陽光，滿心舒泰的樣子。如果它真的抵達，就敞開它的身體，字體或者已經溶掉，變成圖騰一樣的墨跡，都不重要了。你一定知道，這不會是偶然的。當你舉目，遠方有雨，你聽不到雨聲的時候，有人張開口向你說話。

送衣

沒能想出比世事更精密的經緯
她只能憑亡夫年輕時的照片
默默地編織另一個具象的身體
——另一邊的那個城市
他在寫信：

「這一邊天寒，冬季持續幾個月，
五時過後，天即全黑，常念。」

她努力學習傳遞視訊
用手寫板描繪
這一邊的
另外一種荒涼
但是遠遠不能到達彼方
畢竟太古老的月亮

只能懸在一首古體詩上
地上的影子卻選擇逃離——
老花鏡後
一地零碎的樹影中
一隻蝴蝶騰起、飛入視窗內
勾勒幾圈光後
迅速淡入待機模式

一件尺碼剛好的毛衣從漆黑中送來
速遞員不能送來的一截時間裏
他缺席了一件衣服的誕生
而誕生總是在漫長的缺席之後

導盲紀實

這是我們的世界

有光

有透明的玻璃牆

難以飛越的鐵絲網

有十字路口和

黑白分明的斑馬線

你卻被退回單一世界裏

把記憶封存，偶然倒帶

浮光試圖輕敲那道緊閉的門

透出無形的密碼

彷如摩斯

當你感知

浮雲在你頭頂挪移出各種形狀

正如竹杖在沙堆畫出的圈

瞬間被掩埋

不久之後又被風送走
我們正闖入公園的迷陣
孩子們玩著懷舊的「豆豆食鬼」電玩
飯糰的香氣令我卻步
但我無法向你繪形
這是你的世界
一個母親打開紫菜
向孩子呈現潔白的口糧

昨晚有雨
我們在雨中散步
世界在靜默中觀看我們
沙沙的雨是一陣幻覺
雨水擠出來的一段蚯蚓
被車行輾成肉醬

我暴躁狂吠
你卻步
以為前方的險境觸動我的忠誠
這是我的世界
一隻瀕死的老鼠一跛一跛爬向你我
近日有夢（夢絕不是靈長類的專利）
我們的世界被打開了
我們像一對同類
並肩同行
前方有曲有直
出口有可通和不通

在咖啡室寫小說的大半天

每個影子都有一種特殊的味道
被風聞到
尤其是黃昏裏
像鬼的
那一種

一日將盡
明日還沒有來到時
在空檔裏最後一次書寫——
書寫它和神之間
那些互相圍困的黑與白

前半生猶如初生的陽光
以為令一切有了輪廓
那些自己傷得太深的字形

便不會太著跡
記憶場景
永遠有海螺一樣的內部
和花瓣般的結痂
它躲在肚臍的右下方
靜靜地被人撫摸成一枚頁碼

迷了路的人
常常用一個尚未被廢掉的身體
彎腰親吻膝蓋中的暗殤
他揭到小說中
下雨的那一頁

兩幅玻璃幕牆面對著面
光與光對話

坐在樹蔭裏的人都一一看到了
——聽見
他留下不規則的影子
被附近的咖啡室裏的一對眼睛
靜靜地討論
靜靜地移入另一個場景
彷彿方糖跌入咖啡的漩渦裏
碰到那種喊不出來的澀

紅孩子

一

紅孩子哭了
我把牠整個抱起來
摸牠的頭
像父親安撫著一個孩子的生命
牠向我撒嬌
說要回森林去
去看大象，長頸鹿和遍地野花

二

紅孩子有時變得像小人一般小
牠喜歡躺在玻璃瓶內睡
睡醒了

搓揉雙眼
世界在玻璃上
雲霧一樣挪動

三

冬天要來
紅孩子伏在我的頸旁
睡著了
我用手指
感受牠的氣息
牠一吐一納
就像森林底部那一頂紅色的小蘑菇

品德和情意教育

孩子們爬在我身上
他們在樹冠上看美好的落霞
我問鳥
借來溫暖的詞語
留給他們
一瞬間，風勢吹跌了果子
枯葉和各種擬聲詞散落在崩塌的甜蜜上
我不能說甚麼
任他們逕自落地
長成鮮嫩的葉
和坦白的野花
他們之中
有些更快觸及地下
害怕鐮刀和持續的收割行動
就像當初的火光過後

茫茫的風掀起一群剪刀，
當我睡在柔軟的泥土裏
他們已在灰燼中冒出了新芽

雨季到來時，我們一起迎著雨
雨水流過我的手掌
變成一種蜜
淌在一頂頂鮮紅的蘑菇上

不要動怒
當森林中的鋸木聲縈迴不散
你們有我
我們做一把天梯
爬向更高點
向遠方送雨

告訴不動的山脈
把博大的綠伸向我們

運送靈魂

陽光穿過屋簷的間隙
在地上劃下光暗的界域
兩隻貓咪躺著一動也不動
陽台上那件白襯衣
卻早早吹成蝴蝶的形狀

天氣報告沒有預示今日的心情
藍色的街道流過城市的腹腔
結他上的第五根絃線
彈撥著重低音
沿巷弄推進
與我們的生活焊接
前方沒有可憑弔的消防栓
火花濺在櫥窗上

天橋上的行人接連打呵欠，
抱著床邊故事裏的小熊一直往下走
一群學童腳踏笑聲而過
回頭向後望的人可能只得你一個
和我的眼光相撞
我們會成為好朋友嗎
起碼我會說小行星的故事
譬如古怪的樹根撐開了我們的星球
你我同時舉頭遠望
一群鳥飛向湛藍的洞

公車上
我們互相又不認識了
我們各自閉目養神，撫摸心室內跳動的蛇蠍
走入色彩斑斕的時空——

（那個不認識我們，我們不認識的國家）
女神俯身綁鞋帶，終於錯過相遇的剎那
頭蓋白布的病人一次又一次再生……
「啊！到站後可以給我一個回電嗎？」
潘拉朵向我如是說
坐在關愛座的老人看著我
笑著
彷彿也隨車廂的搖動搖向前方更遠的深綠地帶

跋涉到最後
赤紅少年和佝僂老人相繼而去
七月天
窗外驟然下著黑色的雨
人們舉傘走向遠處迷離的公廈
所有禱告在抵達之初

都已變成了空號
拯救我們的超人在電話亭內完成了更衣程序
踉蹌地走入人群

我檢查了手機最後的一條信息：
「運送靈魂的工程業已完畢，莫忘
撿拾肉身。」

無法記起的歌

天氣漸冷
賣唱青年在捷運站前，拉動琴弦
拉出一首我怎也想不起來的歌曲
有人在紙盒上寫著：
希望您願意資助一次無邊界的旅行
二手書店內，店員正忙於為新書上架
扶手電梯緩慢地把行人輸入地下街
我在地面上行走
細數每個被燈火照得目眩的門牌
就像一條挫得太鈍的鑰匙
欲打開那道透明的門
門後似乎是湛藍的天空
天空上有鴿子一樣的碎雲

或許曾經有一縷微光停在機車手把上

用耳語般的風聲要告訴我

下一站的去處

公園傳來孩童的笑聲

一個皮球從地上滾過來，停在我腳下

陌生人的小孩從後追來

腼腆地向我伸出一對手

我也曾經在熟悉的街道

向陌生人伸出一雙請求的手

然而現在是空空的，空空的巷弄盡頭

向我吹來入夜的視線，都是熟悉的

熟悉的加快了移動的步伐

街燈一盞一盞地亮起，遊人一個一個地走入

這樣早晚我也會記起那首歌的名字

就像清醒時，我知道

下一個走向的車站不是中環而是中山

我記得牆身有海浪的紋理和陌生的署名
我記得那種指向的駛入
我們的島揚起無人認證的旗幟
煙霧散開如同悶雷過後的朦朧
你放下旗桿，從遠處望我揮汗的臉
那一刻就註定
我們各自要去一次更深的旅行了

踩熄煙蒂的呼吸
嘘出一口氣瞬間變成朦朧一片的遠景
來不及觸摸已經消散
想想你在二手書店內
翻動一襲放光的句子
會像以前一樣，在午夜踩著無人踏足的電車路
跟我同時讀著：

中環的夜晚也有金色的雪花飄下
於是常常奢望季候風翻動你桌上的詩稿
裏面寫著我們在九月訂下的行走路線
我們一同闖入煙霧的迷陣
一同擦拭彼此流個沒停的眼淚
一同坐在欄杆上仰望雲間的漏光
一同摺出一隻像樣的紙鶴
一同被困於人叢裏，約好失散了便回家再聯絡
或許，一次漫長的遊蕩尚未開始就已經完結了

人聲如浪　人影如魚
一個一個在夜色裏游向發光的廣告燈箱
游移在街上彷彿為了跳出魚的輪迴
把方向感讀成短暫的溫暖
望見深長的巷弄盡頭

有人在孤懸的窗口熄掉最後一盞燈
遠處便利店繼續有零散的夜遊人進出
購買一杯拿鐵的溫度，都只是因為太冷吧
就像那個坐在店內的年青人
戴著耳筒，聽著別人聽不到的歌
好像這樣身體便能暖和起來

不知道遠方那座城市裏
你如何經歷燈火的明滅，走過多少重門
變得世故嗎好像橫臥在市中心的高架路
常常和地心
低吟那一首歌

語言文學類　PG2062　吹鼓吹詩人叢書39

如是跋扈

作　　　者 / 米　米
主　　　編 / 蘇紹連
責 任 編 輯 / 徐佑驊
圖 文 排 版 / 林宛榆
封面原創設計 / 陳　雪
封面設計完稿 / 王嵩賀

發 行 人 / 宋政坤
法 律 顧 問 / 毛國樑　律師
出 版 發 行 / 秀威資訊科技股份有限公司
　　　　　　114台北市內湖區瑞光路76巷65號1樓
　　　　　　電話：+886-2-2796-3638　傳真：+886-2-2796-1377
　　　　　　http://www.showwe.com.tw
劃 撥 帳 號 / 19563868　戶名：秀威資訊科技股份有限公司
　　　　　　讀者服務信箱：service@showwe.com.tw
展 售 門 市 / 國家書店（松江門市）
　　　　　　104台北市中山區松江路209號1樓
　　　　　　電話：+886-2-2518-0207　傳真：+886-2-2518-0778
網 路 訂 購 / 秀威網路書店：https://store.showwe.tw
　　　　　　國家網路書店：https://www.govbooks.com.tw

2018年12月　BOD一版
定價：200元
版權所有　翻印必究
本書如有缺頁、破損或裝訂錯誤，請寄回更換

國家圖書館出版品預行編目

如是跋扈 / 米米著. -- 一版. -- 臺北市 : 秀威
　資訊科技, 2018.12
　　面 ;　　公分. -- (語言文學類 ; PG2062)
吹鼓吹詩人叢書 ; 39)
　BOD版
　ISBN 978-986-326-637-2(平裝)

851.486　　　　　　　　　　107019550

讀 者 回 函 卡

感謝您購買本書，為提升服務品質，請填妥以下資料，將讀者回函卡直接寄回或傳真本公司，收到您的寶貴意見後，我們會收藏記錄及檢討，謝謝！如您需要了解本公司最新出版書目、購書優惠或企劃活動，歡迎您上網查詢或下載相關資料：http:// www.showwe.com.tw

您購買的書名：＿＿＿＿＿＿＿＿＿＿＿＿＿＿＿＿＿＿＿＿＿＿＿＿

出生日期：＿＿＿＿年＿＿＿＿月＿＿＿＿日

學歷：□高中 (含) 以下　　□大專　　□研究所 (含) 以上

職業：□製造業　□金融業　□資訊業　□軍警　□傳播業　□自由業
　　　□服務業　□公務員　□教職　　□學生　□家管　　□其它＿＿＿

購書地點：□網路書店　□實體書店　□書展　□郵購　□贈閱　□其他

您從何得知本書的消息？

　　□網路書店　□實體書店　□網路搜尋　□電子報　□書訊　□雜誌

　　□傳播媒體　□親友推薦　□網站推薦　□部落格　□其他＿＿＿＿＿

您對本書的評價：(請填代號　1.非常滿意　2.滿意　3.尚可　4.再改進)

　　封面設計＿＿＿　版面編排＿＿＿　內容＿＿＿　文／譯筆＿＿＿　價格＿＿＿

讀完書後您覺得：

　　□很有收穫　□有收穫　□收穫不多　□沒收穫

對我們的建議：＿＿＿＿＿＿＿＿＿＿＿＿＿＿＿＿＿＿＿＿＿＿＿＿

＿＿＿＿＿＿＿＿＿＿＿＿＿＿＿＿＿＿＿＿＿＿＿＿＿＿＿＿＿＿＿

＿＿＿＿＿＿＿＿＿＿＿＿＿＿＿＿＿＿＿＿＿＿＿＿＿＿＿＿＿＿＿

＿＿＿＿＿＿＿＿＿＿＿＿＿＿＿＿＿＿＿＿＿＿＿＿＿＿＿＿＿＿＿

11466

台北市內湖區瑞光路 76 巷 65 號 1 樓

秀威資訊科技股份有限公司　　　收

BOD 數位出版事業部

....

（請沿線對折寄回，謝謝！）

姓　　名：＿＿＿＿＿＿＿＿＿＿　年齡：＿＿＿＿＿　性別：□女　□男

郵遞區號：□□□□□

地　　址：＿＿＿＿＿＿＿＿＿＿＿＿＿＿＿＿＿＿＿＿＿＿＿

聯絡電話：(日)＿＿＿＿＿＿＿＿＿＿＿(夜)＿＿＿＿＿＿＿＿＿＿＿

E-mail：＿＿＿＿＿＿＿＿＿＿＿＿＿＿＿＿＿＿＿＿＿＿＿